我也想把自己的肚子塞飽飽，不過最重要的還是價錢一定要便宜。
殺很大飯糰
價錢能夠殺多大
就殺多大的
超便宜飯糰。
如果能夠花300元
買到30個，
那就太開心了。
通天壽司捲
海苔壽司捲上面
接著包有
不同餡料的
海苔壽司捲，
一根接一根，
長得像能通天。
如果可以
只花
300元就買到，
那我一定會快樂得
飛上天。
華麗咖哩麵包
最上方
貼著金箔
咖哩肉包
咖哩炸麵包
印度烤餅
像印度宮殿一樣
輝煌耀眼的
咖哩麵包。
用料這麼奢華，
只要300元的話……
我想到了，本大爺希望吃到從來沒有吃過的超美味食物。
比起單純的
牛角麵包
更想要
白角麵包
紅角麵包
黃角麵包
應該沒這種東西，對吧？
比起一般的
三明治
更想要
四明治
、
五明治
之類的，
你看，這樣是不是
更豪華？
吃披薩，
不想吃
圓形披薩
只想吃
方形披薩
、
三角形披薩
反正都是一些夢得到、
吃不到的東西啦，
嘻嘻呵呵。
U0074859

怪傑佐羅力之
尋找紅鑽石！

文·圖 **原裕** 譯 周姚萍

佐羅力三人各自捏緊自己手中的300元，來到了一個鎮上。他們東張西望，想要找到既便宜又好吃的東西。
這時，伊豬豬的眼睛盯住一個地方。那是——
啊。

「昆蟲大馬戲團」的帳篷。

「不行，一張入場券就要400元了，我們每個人只有300元而已，不是嗎？」

聽到佐羅力的話，讓喜歡昆蟲的伊豬豬不禁一下子就變得垂頭喪氣。

這時，有一位頭戴高筒禮帽的男人走出帳篷，對他們說：

「我是這個馬戲團的團長，名叫卡比拉。請問各位，需要我的幫忙嗎？」

不用了，我們幾個身上都只剩下300元而已，反正錢不夠，也沒辦法進去觀賞了。

比起觀賞昆蟲大馬戲團表演，佐羅力更想快點找到好吃的東西吃。

不過，

各位要是那麼想看的話，今天的入場券算你們便宜，300元就好。

「真的呀！」

伊豬豬聽了雙眼發亮，

立刻遞出300元給團長，

接著衝進帳篷裡。

魯豬豬也跟進去了。

「好吧——」

佐羅力沒辦法，只好很勉強的付了300元，然後走進帳篷裡。

帳篷內有個小小的舞臺，由老鼠裝扮成的小丑，正在為大家介紹。
歡迎光臨。我就是昆蟲馬戲團裡的馴蟲師，小丑皮埃爾。
首先出場為大家表演的昆蟲大明星，是獨角仙鋼盔。這是一個超過十公斤的鍋子，
鋼盔只用了小小的角頂住，
就能輕輕鬆鬆將整個鍋子翻過去。
嘿咿
用力
特別向大家補充說明一下，這可是像要一個人去翻倒推土機一樣，需要強大的力量喔。
匡噹
喔——

接下來出場的昆蟲明星是糞金龜聖甲。
這是11磅重（大約等於5公斤）的保齡球，來吧，
咚
請看，聖甲出手簡簡單單的就能滾動起來。
滾啊滾啊滾啊
哇——
這就像要各位去推動一輛10噸重的卡車一樣，是相當困難的哦。

這是天牛天剪，只要靠著牠的大顎就能將這些紙張剪出各種形狀。
嚓喀
恰鈴恰鈴
恰鈴鈴
天剪的才藝還不僅止於此而已喔。
氣球
包子
甜甜圈
嗯——如果要問我的話，本大爺也不是看不出那些形狀，只是……
就連拔河用的粗大繩索，天剪也可以用牠的大顎澈底咬斷。
啃啃啃
啃啃
啃啃啃
哇——好驚人呀。

在此即將壓軸登場的演出者，
是鍬形蟲巧巧。牠將要來幫助我完成這個娃娃的製作。來吧，請各位睜大眼睛仔細觀賞啦。
鍬形蟲巧巧，運用牠很厲害的大顎抓住了娃娃的頭部，

舉起來，不偏不倚的對準娃娃身體上方
套上去。大家請看，真的是組裝得絲毫不差。
啪啪啪啪
啪啪
實在太精采了！
這個由巧巧所做的娃娃，

CIRCUS SHOP
正在這間商店裡好評販售中喔。
卡比拉團長跑過來，帶領佐羅力他們前往馬戲團特設的週邊商品展售店。
魯豬豬見了，開心的喊：
啊，是蜂蜜！這是我們可以試吃的，對吧？
美味蜂蜜
當然可以。那是由本馬戲團的蜜蜂們辛苦採集到的最頂級蜂蜜。

卡比拉將裝在軟管瓶裡、用來試吃的蜂蜜，擠了一點點在每一根小湯匙上。

「好好吃。」

「好甜——」

「真美味。」

佐羅力他們空空如也的肚子被蜂蜜滋潤了，但是只有這樣哪夠他們飽足呢？

魯豬豬趁著卡比拉轉身背對他們的時候，偷偷拿了那瓶還剩下一半蜂蜜的試吃用軟管瓶，悄悄藏到自己背後。

這時，卡比拉突然轉過身來，他的手上拿著一個昆蟲放大鏡。

「如果有了這個，
接下來欣賞馬戲表演時，
將會更加享受喔。
請問各位意下如何呢？」
卡比拉手上的放大鏡，
標明了租借費為100元。
「為了進來這裡，我們已經
把所有的錢都花光光了！」
佐羅力不高興的回答。

放大鏡
租借費
100元

「啊，說的也是。不過，為了怕各位等一下開始觀賞後，會向我抱怨，這樣我就傷腦筋了，所以還是先跟你們推薦一下。那麼，敬請各位觀賞我們馬戲團的主秀登場！」

卡比拉掀開了巨大的簾幕，在簾幕的後方，

「跳蚤馬戲團」的特技表演陸陸續續展開演出。
各位請看，這是世界上難得一見的跳蚤馬戲團。大家快看哪，精采的演出秀已經開始囉。
團表演
咦？在哪？在哪？
唔？
這裡是跳火圈。好了，現在跳過去了，厲害！差一點點就碰到火焰啦，真是令人捏了一把冷汗。
跳火圈
請看，跳蚤演出者正在這條細繩上走著繩索呢，唉呀呀，已經完美的抵達終點啦。
是那個嗎？
好像是有東西在動。
走繩索
這裡是跳蚤的比腕力大賽，牠們真的太小了，幾乎很難看得見。
請務必要睜大眼睛
唔——
這上面有東西嗎？
沒呀。
呃——
比腕力大賽

跳蚤的馬
好的，這裡是空中飛人。哇！現在塔大跳過去了，好，寶倫接住牠，真是太完美了。不管看幾次都令人感動啊。
空中飛人
由於跳蚤演出者的體型實在是太小了，不管佐羅力他們怎樣瞇著眼看、緊盯著看，還是幾乎什麼也看不到。
由三隻跳蚤以疊羅漢的方式跳繩，這真是令人難以置信的超凡絕技呀。
特技跳繩
要是有這個放大鏡的話，不論哪種絕妙技藝都欣賞得到喔，所以，下次請千萬一定要準備好租借放大鏡的費用呀。那麼，今天馬戲團的演出到此結束，請由這裡出場。
如果不是所有成員齊心齊力，是沒辦法將踩大球踩得這麼整齊、好看的。
……
啊，牠現在突然消失了，真是不可思議呀——
魔術表演
我只有看到那些球轉來轉去而已呀。
踩大球

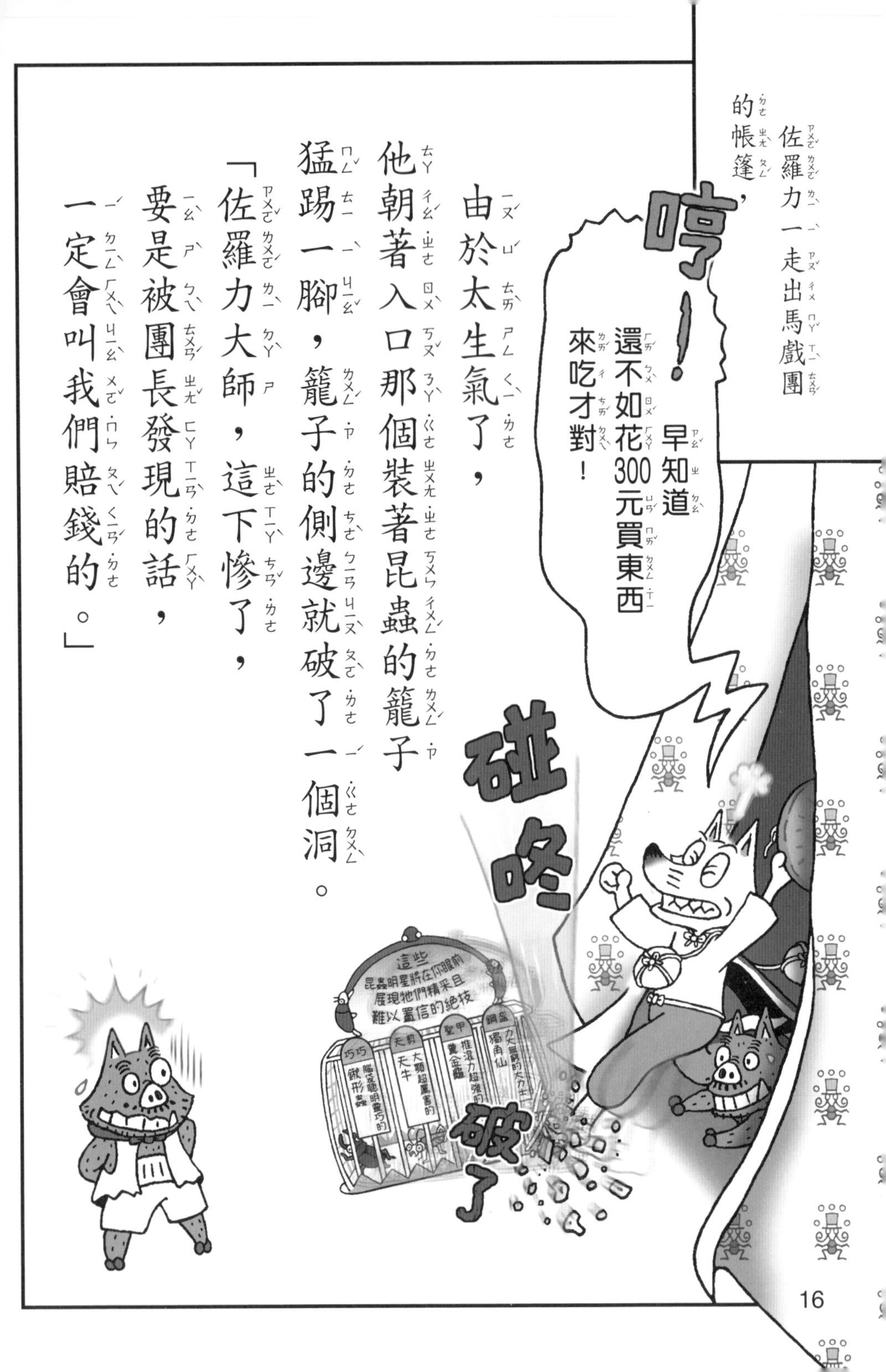

佐羅力一走出馬戲團的帳篷，

由於太生氣了，他朝著入口那個裝著昆蟲的籠子猛踢一腳，籠子的側邊就破了一個洞。

「佐羅力大師，這下慘了，要是被團長發現的話，一定會叫我們賠錢的。」

於是，他們三個急急忙忙
將籠子的碎片拼起來，
就在這時，

啪刷

卡比拉從帳篷裡
飛奔而出。
「啊，真、真抱歉……」
佐羅力他們才道完歉——

卡比拉已經衝進對面一間店裡，說：
「請給我一條草莓吐司。」
他將手裡握著的900元
遞給店內的人。
「非常抱歉，本店要到下週
才會開始營業。」
仔細一看，
店門外連招牌都還沒有掛上去，
而且有梯子架在那兒。
啊哈，
那個卡比拉團長
讓我們減價買入場券，
就是為了想吃
那家店的麵包。

TRAWBERRY
Pink Bread
果然根本就沒人會想去看這個馬戲團的演出，
所以他肯定也沒什麼錢。
話雖如此，
但是那個吐司……
當佐羅力這樣喃喃自語時，
站在店門前的那隻眼光銳利的貓熊說出佐羅力也很想問的問題。
喂，一條吐司要賣900元，不會太貴嗎？
店裡的那個人聽了很不高興的回答：

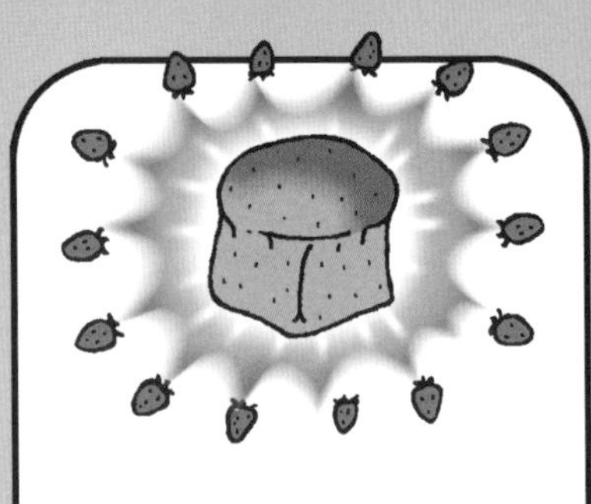

我是麵包職人莫魯。本店的草莓吐司是經過我嚴選奢華食材，而且不惜工本，將新鮮草莓汁揉進其中。只要吃過一次就會終身難忘。我堅信，至今從未有人品嘗過這樣完美的吐司。

●為了研發這款吐司，莫魯花費了五年半的歲月，足以寫下勞心勞力的漫長歷史。

●這是我烤過幾千次麵包後，所記錄下來的所有資料，也是我跨越了無數次的失敗，才終於在食譜中寫出這道完美的草莓吐司配方。

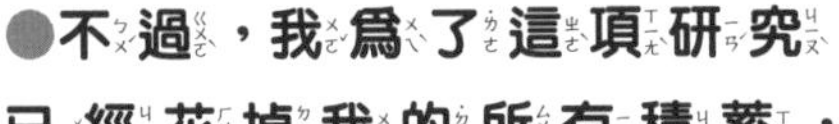

●不過，我為了這項研究已經花掉我的所有積蓄，到最後身邊連一毛錢都不剩，根本沒辦法開店了。

我所任職電視臺的導播聽到這個故事之後，非常想知道這款草莓吐司到底蘊藏了多深厚的實力，所以特地邀請一位以吃遍全世界聞名的富豪美食家前來試吃。

突然間，前來進行採訪的電視臺記者插話說道。

「結果怎麼樣呢？」貓熊也進一步追問。

「那位大富豪只吃一口就被深深感動，接著決定拿出資金為莫魯先生開一家草莓吐司專賣店。

在此再次強調，她只吃了一口而已喔。

而居中介紹兩人認識的是我所屬電視臺團隊，因此我們也獲得獨家採訪的機會。

儘管今天麵包店還未開幕，

就得以進入店內拍攝
製作草莓吐司的現場實況。」
「是的，我想將今天拍攝過程中
所製作出來的吐司，
提供給到場的各位品嘗，並請大家發表感想。
這麼一來，應該更能將草莓吐司的美味
傳達給電視機前的觀眾知道。」
佐羅力他們絕對不會漏聽
莫魯所說的這段話。

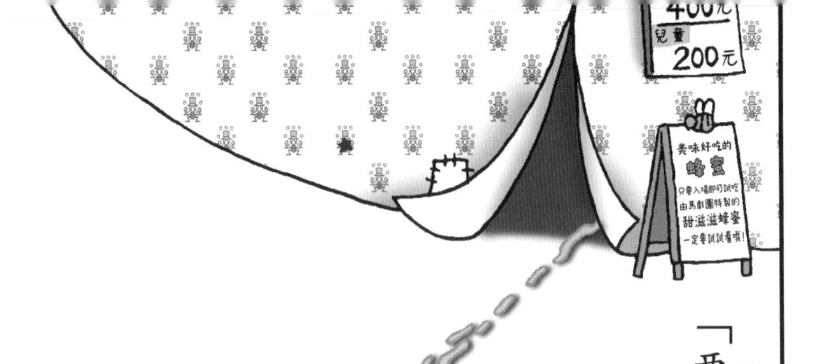

三個人就像被吸過去似的，
來到麵包店門前。

「要是有了吐司，我們就把
剛剛拿到的蜂蜜滿滿塗在上頭，
好好享用一番。」
佐羅力一對魯豬豬這麼說，
魯豬豬瞄了一眼藏在身後的蜂蜜，
沒想到軟管瓶沒蓋上蓋子，
而且他還將瓶子拿反了。
魯豬豬轉身一看，

從馬戲團帳篷那裡一路滴到這間麵包店前，
沿路都是滴落的蜂蜜。
儘管魯豬豬趕緊將瓶子拿正，
但瓶子裡的蜂蜜大概只剩下舔兩次的分量而已。
完了——
他們三個感到滿心失望和沮喪。
攝影的相關準備工作差不多都完成了吧？
此時，麵包店的店主，
從二樓走了下來。

那是大富豪
荷馬莉絲夫人。
由於要參加
電視節目錄影，
她特別戴上
引以為傲的
30克拉
紅鑽石戒指
現身。
在所有鑽石中，
紅鑽石是非常貴重的，
而且這麼大顆的紅鑽石，
據說價值高達
數億元。
各位想要
更加了解
荷馬莉絲夫人
的讀者，
敬請閱讀
《怪傑佐羅力之
恐怖超快列車》。
如果
我有了那顆鑽石，

就能夠將馬戲團的帳篷和舞臺全部更新，也有錢可以用來宣傳了……

卡比拉目不轉睛看著那顆閃耀生輝的紅鑽石，他的喃喃自語，佐羅力全都聽見了。

「好，我們即將開始拍攝吐司製作過程了。」

電視臺的攝影師說完，麵包職人莫魯立刻忙碌起來。

他一邊參考食譜筆記本，
一邊依照今天的氣溫與溼度
仔細調整材料比例，
然後放入大碗裡。
最後，
莫魯將自己特製的
獨家麵包酵母，
以及剛剛才打出來的
大顆草莓果汁
大量混入碗中的材料裡。
他暫時闔上那本
重要的食譜筆記本，
終於要展現出
他的手藝了。
請稍等一下！
奶油
砂糖
牛奶
鹽巴
用食物調理機
攪打出來的
新鮮草莓汁
高筋麵粉
咖啡粉
鮮奶油
莫魯特製
獨家配方
麵包專用
酵母
濃縮
牛奶

荷馬莉絲夫人舉起她戴著耀眼鑽戒的那隻手，請莫魯暫停。

這時，佐羅力聽到站在他前方的貓熊說了一句話。

無論如何，
都要想辦法把那個拿到手。
這、這下麻煩了。

現在，這裡已經出現了
兩個覬覦鑽戒的人。
當佐羅力也下定決心
一定要想辦法
得到鑽戒的時候，

荷馬莉絲夫人向莫魯提議說：

「嘿，我希望你能讓我來揉這個麵團。」

「不，不，要是不由已經摸透麵包製作過程的我來揉麵團的話，是沒辦法做出美味吐司的。」

兩個人為了由誰來揉麵團，開始爭論起來。

我可是為這家店花了大把鈔票的人喔，
這件事只許成功不許失敗。
我認為由身為富豪的我，
親手揉麵所製作出的第一批麵包，
應該也是最能吸引眾人注意力的宣傳。
你認為呢？

既然麵包店的主人都如此強烈要求了，莫魯沒有不遵從的理由。

要是惹她不開心，導致她停止出資支持麵包店的話，

那麼莫魯辛辛苦苦製作出來的麵包，
就無法讓任何人品嘗到了。
於是莫魯忍住脾氣，
聽從了店主人的意見。
儘管如此，身為一位麵包職人，
他仍然有不能讓步的地方。
荷馬莉絲夫人，您揉麵團的時候，要是戴著這個戒指，將會有衛生方面的疑慮，所以請務必將戒指拿下來。
我知道了。

不過，戒指緊緊卡在荷馬莉絲夫人的手指上，始終拿不下來。

佐羅力怎麼會錯過這樣的大好機會呢？

「來，來，讓我來幫忙吧。脫下戒指最好的辦法就是抹上滑溜溜的肥皂泡沫！這麼一來，

手也跟著洗得乾乾淨淨囉。」

佐羅力將荷馬莉絲夫人帶往洗手臺那裡，幫她將肥皂搓出許多泡沫，泡沫多到連她的指尖都看不到了。

荷馬莉絲夫人心懷感激，但是佐羅力其實暗中盤算著，想要在泡沫的掩護下取走戒指，得手就溜之大吉。

不過，由於荷馬莉絲夫人的手指太過粗胖，緊緊卡住的戒指始終無法滑脫。

夫人等不及了，說：

「好了，好了，光這樣洗，不管是雙手或戒指都已經洗得夠乾淨了。」

她揮開佐羅力的手，用水沖乾淨泡沫，隨後說：

「來，開始拍攝了。」

她就這樣戴著戒指開始揉起麵團。

然而，揉麵團需要有相當的力道。

從來沒做過粗重工作的荷馬莉絲夫人，才揉了十下，她就已經沒力氣了。

「呼——累死我了，肚子也好餓。莫魯，接下來就交給你吧。」

荷馬莉絲夫人將揉麵團的工作交給莫魯後，一屁股坐在旁邊的椅子上，抓起桌上剩餘的草莓吃。

當她打算抓起第三顆草莓時——

接近鑽石的第二次機會又降臨了。

佐羅力英勇的飛奔過去，
一把抓起那隻蟲，說：

「請夫人放心，
這是鍬形蟲。」

「嗚——我討厭蟲，
所以哪種蟲都一樣，
快，拜託快快讓牠從我的眼前
消失！」

「遵命，現在我馬上就……」

「你真是位可靠的人哪。」

荷馬莉絲夫人眼眶含淚的感謝佐羅力。

卡比拉突然從另一邊跑過來，說：

「可以借我看一下那隻蟲嗎？」

他急急忙忙的將那隻鍬形蟲帶回馬戲團的帳篷。

看來，那無疑是一種很珍貴的昆蟲品種。

在這陣騷亂之中——

莫魯已經扎扎實實的揉好了十個麵團，放進吐司模具，並且整齊的排列在架上。
接下來把這個放進烤箱裡烤，就可以了對吧。
請稍等一等，為了讓麵團能夠獲得妥善發酵，必須要靜置一段時間才行。
一段時間是多久呢？

「這個呢，依據現在的氣溫和溼度的話……」

莫魯一邊看著食譜筆記本，一邊思考，

過了好一會兒才說：

「烘烤時間在明天早上八點十二分最為適宜。」

「那麼各位，明天見吧。我今天晚上也會住在這兒。」

荷馬莉絲夫人爬上樓梯，

準備回房間，

這時佐羅力突然開口說：

「夫人，我有一個請求！

請您一定要僱用我當店員。」

佐羅力如此向荷馬莉絲夫人提出請求。

「啊，你就是剛剛那位守護我、不讓蟲子驚擾我的先生啊。」

「像這樣優秀的吐司專賣店，一定馬上就會生意興隆到人手不足，對吧？」

「呵呵呵，你可真是有眼光。嗯，從明天起，請務必來店裡幫忙。」

看來佐羅力已完全獲得

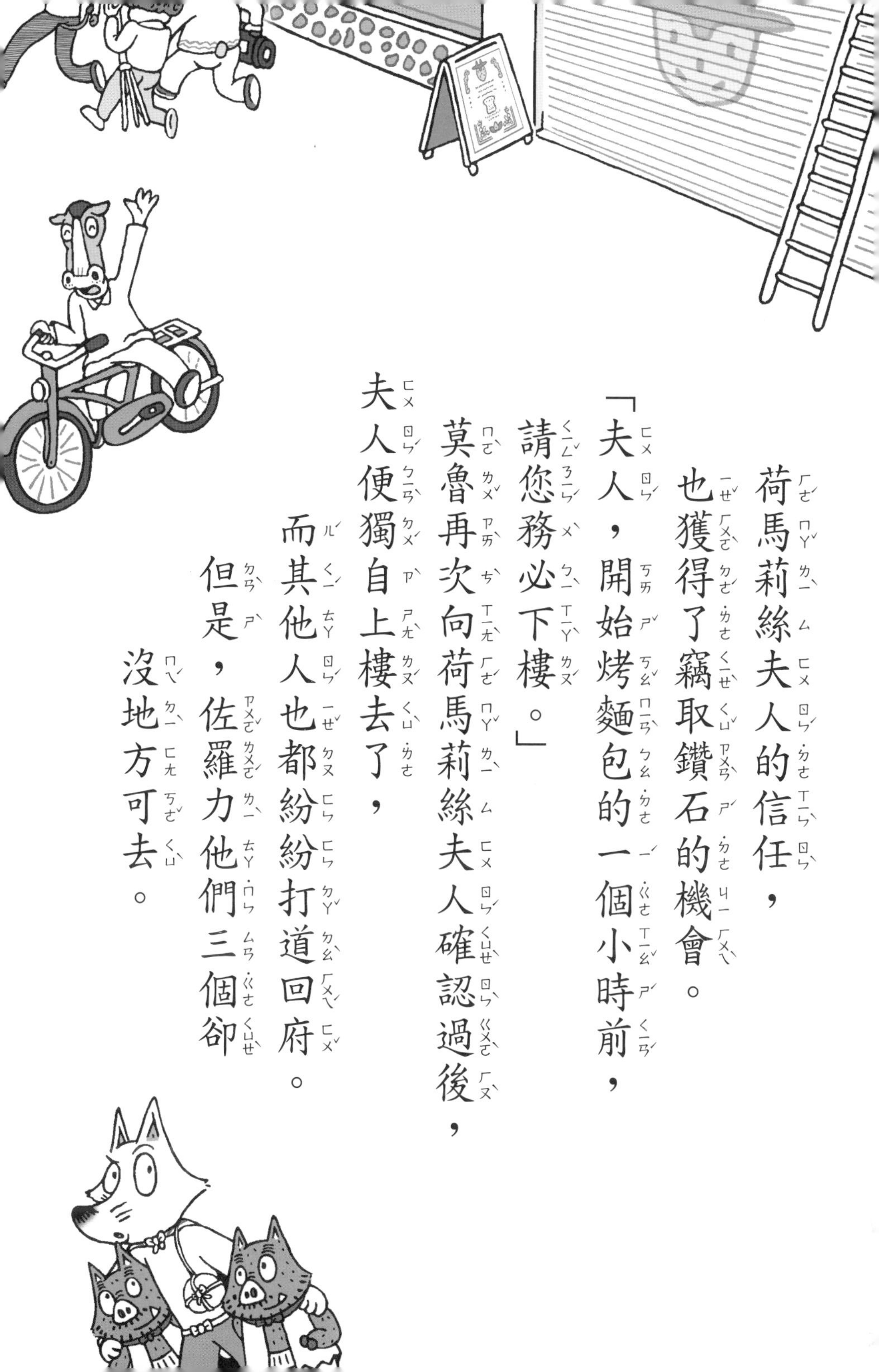

荷馬莉絲夫人的信任，
也獲得了竊取鑽石的機會。
「夫人，開始烤麵包的一個小時前，
請您務必下樓。」
莫魯再次向荷馬莉絲夫人確認過後，
夫人便獨自上樓去了，
而其他人也都紛紛打道回府。
但是，佐羅力他們三個卻
沒地方可去。

然而，這一點問題也沒有。因為他們三個早就習慣餐風露宿，而且在走進這個小鎮的時候，就已經發現公園裡的章魚造型溜滑梯下方，是個適合休息的好地方。
非常幸運的是，只要他們爬到溜滑梯上方，就能將荷馬莉絲夫人房間的情景看得一清二楚。
嗯——既然本大爺已經得到

在麵包店工作的機會，
本可以精心安排獲取紅鑽石的計畫，
現在卻有兩個對手在一旁
虎視眈眈，
還是先下手為強來得好。
好，就選在今夜
先將紅鑽石拿到手吧。

「咦？要行動了嗎？」

「佐羅力大師，
你已經有好主意了呀？」

於是，佐羅力向伊豬豬和魯豬豬
詳細說出他的計畫。

①首先，伊豬豬和魯豬豬利用那個架在屋外原本準備裝設招牌的梯子，爬上二樓，偷偷潛入荷馬莉絲夫人的房間。

②那個紅鑽石戒指在本大爺搓出一大堆肥皂泡沫時，應該已經相當鬆了。只要魯豬豬用他拿到的蜂蜜，在戒指四周塗一塗，應該就能滑溜溜的一下子把戒指脫下來。

③這段期間，本大爺則假裝成一大早就到店裡打掃的細心店員，由我守在店門口撿垃圾，這樣就能讓我們的對手無法靠近麵包店。

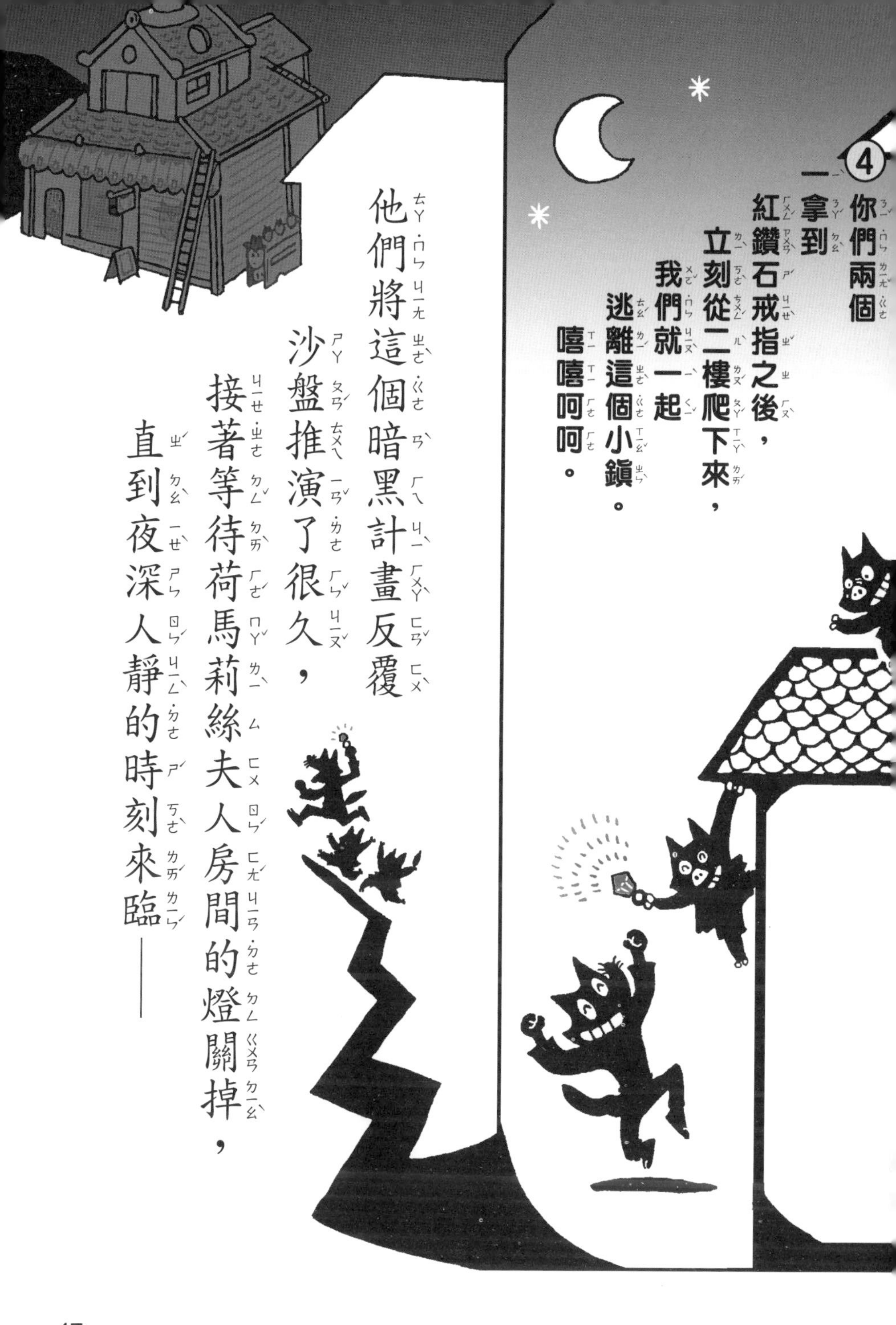

他們將這個暗黑計畫反覆沙盤推演了很久，接著等待荷馬莉絲夫人房間的燈關掉，直到夜深人靜的時刻來臨——

他們一來到麵包店前，伊豬豬和魯豬豬立即依照計畫爬上梯子，一路往二樓前進。

佐羅力看著他們上二樓之後，便在店門口睜亮雙眼監視，仔細留意那兩位對手有沒有現身。

這時，店內傳出窸窸窣窣的聲音。

佐羅力從櫥窗往裡頭窺視，發現麵包店的後方，似乎有小小的、一閃一閃的燈光正在移動。

「咦？難、難道說被搶先了一步？」

佐羅力急急忙忙跑去轉動店門的門把，沒想到門一下子就開了。

佐羅力
戰戰兢兢的走入店內，
這時聲音停了，
後方的光亮也消失不見了。
果然有人偷偷的
潛入店裡來了。
佐羅力將手伸往背後，
悄無聲息關上門。
（本大爺已經是這家店的店員了，

要是能夠抓到可疑的潛入者，
必能立下大功。
不過，等一下……
要是因為這陣騷動驚醒了二樓的荷馬莉絲夫人，
導致她發現伊豬豬和魯豬豬的話，
那整個計畫就毀了。
這下子該怎麼辦才好呢……）
他的腦袋裡一下子想東、一下子想西，
突然——

屋裡的

燈亮了。

開燈的人是麵包職人莫魯。

他因為關心麵團發酵的狀況，

所以早早就來到店裡。

「你們在這裡做什麼！」

他發現屋裡躲藏著卡比拉、

神祕的貓熊，
以及佐羅力。

呃

就如佐羅力所預料的，
想要奪取紅鑽石的三個人都到齊了。

「為什麼你們會在這裡，
請解釋給我聽吧。」

正當莫魯質問他們三人的時候，
又有人來了。

從後門那兒傳來叫喊聲：「不好意思，打擾了——」

莫魯一打開後門，

門外站著昨天來採訪的工作團隊。

「我們從昨天晚上就在附近的停車場等著。

因為看到店內的燈亮了，

所以不知道能不能早一點過來

提前做拍攝的準備呢……」

「你們來的不是時候，

有三個可疑男子潛入店內。」

「什麼？發生意外事件了嗎？

請等一下。」

記者跑到外面打了電話後，又回到屋裡，對大家說：

「本節目的導播知道後非常高興，他說觀眾會很期待這樣的偶發事件。他馬上就會趕過來。在那之前，我們打算先用攝影機將事件完整確實的記錄下來。」

接著，攝影師馬上展開拍攝。

在攝影機的鏡頭下，
佐羅力他們既跑不了也無法躲藏。
莫魯筆直走向三人，繼續詢問
他們出現在店裡的理由。

我昨天不小心把東西掉在這裡了，所以過來拿。
我因為剛被夫人僱用，為了求好表現，所以想早一點過來店裡，先將四處都打掃乾淨。

我剛好經過，看到店門開著，以為已經開店了，就不知不覺的走進來……
嗶——嗶——嗶——

「這些都不成理由，你們幾個未經同意，就擅自闖進我的店。」莫魯以嚴厲的語氣質問大家，這時，店裡響起高亢尖銳的聲音。

定時器的聲音響起，
通知莫魯烤麵包的時間到了。

對於麵包職人來說，
製作麵包是天底下最重要的事。
「不過，荷馬利絲夫人
還沒下樓……」
攝影師很擔心的說。
然而，

不好意思，
之前夫人曾說她要親手烘烤麵包。

反正她應該還在睡覺。
發酵的最佳時間已經到了，

這件事沒辦法等，
如果不立刻進爐烘烤的話，
就沒辦法做出最好吃的麵包了。

莫魯卻毫不遲疑的迅速將麵團放進烤箱裡。

等到最後一個麵團也放進去之後，不知道為什麼，莫魯露出了百思不得其解的表情——

「啊——」

一聲驚天動地的慘叫過後，有人**碰咚碰咚碰咚**的，從樓上急奔而下。

那是伊豬豬和魯豬豬。

「抓住他們——」

荷馬莉絲夫人

一邊追著兩人跑，

一邊大喊。

電視臺的工作人員

連忙壓制住他們。

「這兩個傢伙

在我的手指塗蜂蜜，

想脫下紅鑽石戒指。這個貴重的戒指已經成了我身體的一部分，怎麼可能那麼輕易被你們脫下來？」

荷馬莉絲夫人朝大家伸出手指，她的戒指果然還好端端的套在她手上。

不過，仔細看就會發現戒臺上並不是紅鑽石，而是一顆沒有光澤的草莓。

「啊——紅鑽石不見了，真的被他們兩個偷走了，你們兩個快點拿出來還給我！」荷馬莉絲夫人以尖銳的聲音叫喊，電視臺的工作人員也急忙替伊豬豬和魯豬豬搜身。

然而，他們從只找出一個蜂蜜軟管空瓶和一隻小蟲。佐羅力無聲無息的靠近伊豬豬與魯豬豬在他們耳邊輕聲說：

「你們兩個做得好，等會兒偷偷帶我去藏紅鑽石的地方喔。」

這時，

「嗚哇——

我們真的沒偷紅鑽石。

我們剛準備要塗蜂蜜的時候，

戒臺上就已經是沒光澤的草莓了。」

「你們的謊言馬上就會被拆穿。

等著吧，因為我的房間裡裝了監視器……」

荷馬莉絲夫人說完，

就以最快速度將監視器的影像

傳輸到螢幕上。

「監視器的電線被拔掉了，這一定是為了湮滅證據！太可疑了，立刻打電話報警！」

正當荷馬莉絲夫人怒瞪著他們兩人的時候——

不是啦！
那個畫面是因為
我在房間裡——
發現了
一隻天牛，
於是，
我抓住天牛。
那隻天牛
因為嚇了一大跳，
就用尖銳的大顎
把牠原本
抓住的電線
切斷了。
喀嚓！
伊豬豬說著，
拿出那隻天牛。
喔，那是我們馬戲團的
天牛天剪啊！

卡比拉立刻跑向前接住那隻天牛，把牠放進昆蟲籠內。

事情應該是這樣。
本大爺昨天——
如果我有了那顆鑽石，就能夠將馬戲團的帳篷和舞臺全部更新，也有錢可以用來宣傳了……
聽到你這樣的喃喃自語。
嘖，還比我們搶先一步……
喔，不是，我是說所以利用昆蟲來偷戒指的人，就是你！
快點認罪吧！

因為被搶先拿走紅鑽石而深感懊惱的佐羅力，對卡比拉這麼說。

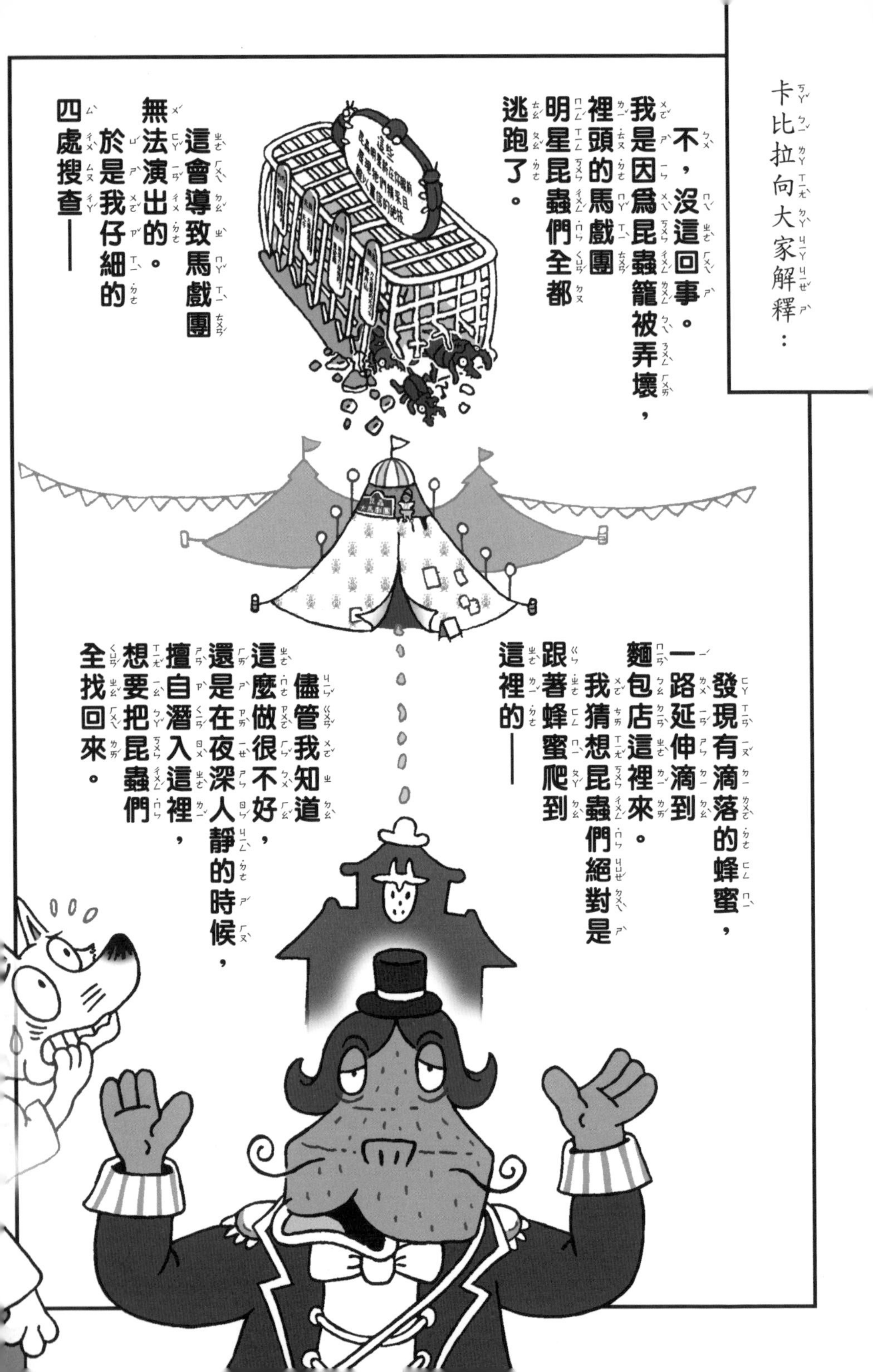

卡比拉向大家解釋：
不，沒這回事。我是因爲昆蟲籠被弄壞，裡頭的馬戲團明星昆蟲們全都逃跑了。
這會導致馬戲團無法演出的。於是我仔細的四處搜查——
發現有滴落的蜂蜜，一路延伸滴到麵包店這裡來。我猜想昆蟲們絕對是跟著蜂蜜爬到這裡的——
儘管我知道這麼做很不好，還是在夜深人靜的時候，擅自潛入這裡，想要把昆蟲們全找回來。

弄壞昆蟲籠以及讓蜂蜜流滿地這兩件事，都已經暴露了，佐羅力連忙說：
咿嘻嘿嘿嘿。看來本大爺剛剛結論下得太早。不過現在我所指認的鐵定是真正的犯人。因為就在大家看到紅鑽石的那時，
無論如何，都要想辦法把那個拿到手。
一邊說著這句話，眼睛還閃閃發亮的，
就是你！
這回佐羅力將矛頭指向貓熊。

「不，我拿走的是這個。」
貓熊從懷裡取出來的，
是莫魯視為珍寶的那本祕方
草莓吐司食譜筆記本。

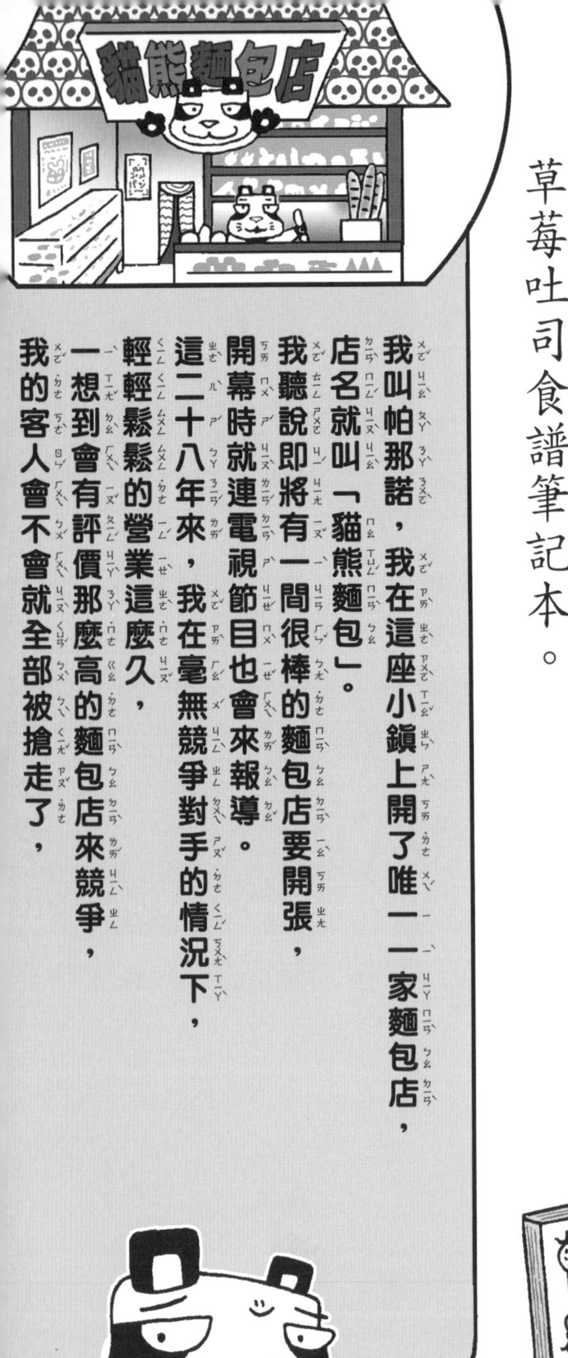

因爲害怕會關門大吉，我每天都生活在不安之中。我爲了趕快知道那是一家什麼樣的麵包店，就想著要是能偷走那本麵包食譜的話，應該就可以搶先出名吧？於是最後才會假扮成這副間諜的模樣溜進來。

帕那諾將食譜筆記本歸還給莫魯，隨後向他深深一鞠躬。

現在，大家已經知道卡比拉與貓熊帕那諾，他們之所以潛入麵包店，並不是為了偷走紅鑽石。

這麼一來，最為可疑的人果然——

就是伊豬豬和魯豬豬吧？因此大家的目光全都射向他們兩個。

「嗚哇——佐羅力大師，快救命啊——」

伊豬豬和魯豬豬連忙躲到佐羅力的背後。

「咦？你就是那兩個可疑傢伙的老大嗎？難道說偷走我的紅鑽石的人，該不會就是你吧？」

荷馬莉絲夫人以充滿懷疑的眼神

望向佐羅力。
講、講這什麼話嘛！如果你們懷疑我的話，那就讓本大爺來查出真正的犯人，好證明我們都是清白的！
佐羅力的態度大轉變，他一手指向莫魯。
像這種時候，最不可疑的傢伙一定就是犯人。莫魯先生，你的心裡其實累積了很多對荷馬莉絲夫人的不滿吧？

「嗯，沒錯，

說我對她沒有不滿是騙人的。

因為她不但隨便用手抓草莓吃，

又睡過頭，還很囉唆。」

莫魯終於吐露心聲。

「你有這家店的鑰匙對吧？

你今天一大早就來到這裡……」

佐羅力從冰箱裡拿出昨天剩餘的草莓說：

「先悄悄潛入荷馬莉絲夫人的臥房，

再偷偷摸摸的將草莓與紅鑽石互換。

看，顏色一樣，形狀一樣，

就連大小也和

紅鑽石戒指

很類似，

不是嗎？」

請等一下。
帕那諾將佐羅力取出的草莓與戒指上的草莓仔細比了比。
我因為製作麵包也處理過草莓，所以很清楚品質的差別。你們看，戒指上的草莓色澤黯淡，蒂頭也枯萎了，由此可證這顆草莓是在昨天晚上被放到戒臺上的。
鏘！
佐羅力和卡比拉互相對看了一眼。

昨天，荷馬莉絲夫人在吃草莓的時候，她的身邊出現了一隻鍬形蟲。
沒錯。因為那隻鍬形蟲和我們馬戲團的昆蟲明星巧巧很像，所以我就把牠帶回去了，而且，
由於昆蟲籠被破壞，裡面的昆蟲們都跑走了，因此我可以確認牠就是巧巧沒錯。
巧巧能夠用牠的大顎將戴著尖帽的娃娃頭部零件，準確的套在娃娃身體上。
對了！

娃娃頭部的顏色、形狀和大小都與這顆草莓很像吧？
加上戒指的戒臺模樣也和那個娃娃的頸部設計很像，所以，巧巧一定是毫不遲疑的用牠的大顎夾起草莓，然後，把草莓放置在戒臺上。

於是，荷馬莉絲夫人便戴著已經被交換成草莓的戒指上了二樓。
照你這麼說，那個時候紅鑽石就已經不見了？那麼，我的紅鑽石現在到底在哪兒？

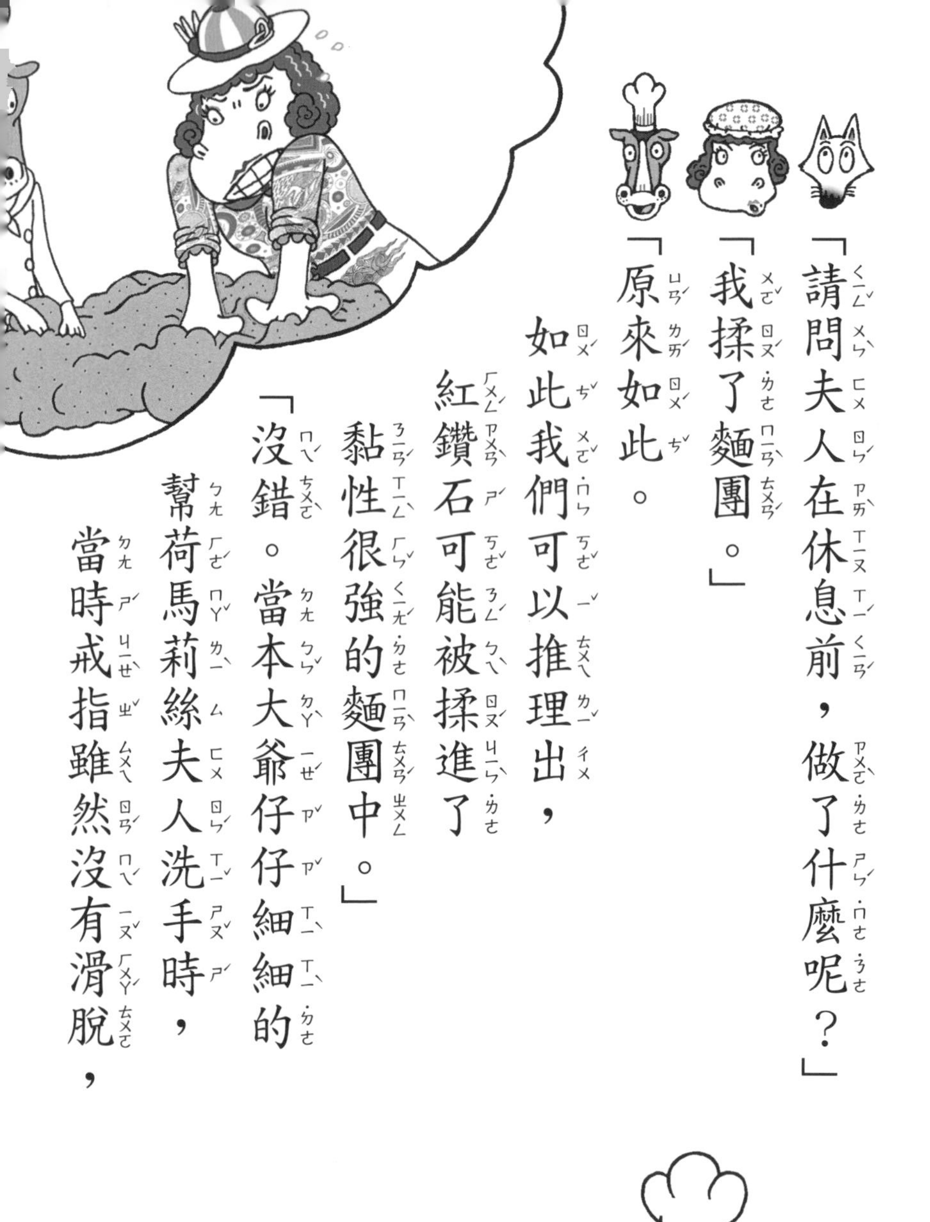

「請問夫人在休息前，做了什麼呢？」

「我揉了麵團。」

「原來如此。

如此我們可以推理出，紅鑽石可能被揉進了黏性很強的麵團中。」

「沒錯。當本大爺仔仔細細的幫荷馬莉絲夫人洗手時，當時戒指雖然沒有滑脫，

但是紅鑽石與戒臺相接的地方應該有些鬆動了吧？」

「如果是這樣，只要在昨天的麵團當中找一找就行啦。

莫魯，馬上把所有的麵團都拿過來。」

「不，現在不行！」

荷馬莉絲夫人遭到莫魯如此斷然的拒絕她忍不住發出大吼：

「為、為什麼？」

「麵團此刻正在
烤箱中進行烘烤，
要是現在拿出來的話，
那好吃的草莓吐司
就全部毀了。」
「我聽說，
鑽石和炭一樣
都是由碳
所組成的，

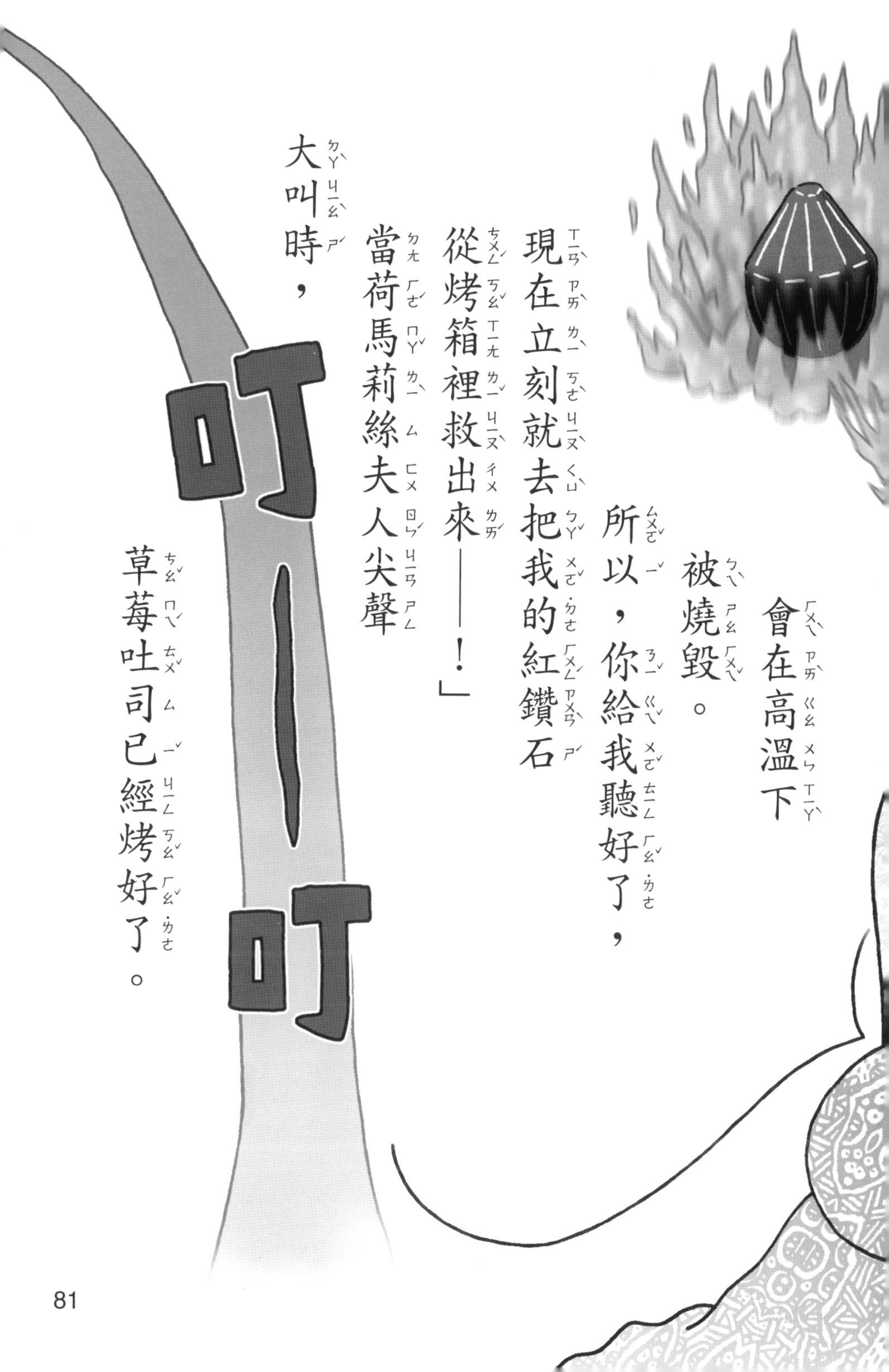

會在高溫下被燒毀。所以，你給我聽好了，現在立刻就去把我的紅鑽石從烤箱裡救出來——！」

當荷馬莉絲夫人尖聲大叫時，

草莓吐司已經烤好了。

剛烤好的草莓吐司，熱呼呼的出爐後，成排放在桌上。

「荷馬莉絲夫人，您的紅鑽石要到達八百度左右的高溫，才會開始燃燒。」

記者立刻查了資料並且告訴大家。

「這樣的話，那鑽石應該還好好的。這些吐司烘烤的溫度

只有兩百五十度。」

「不過，那可是價值不斐的鑽石啊，就算只是稍微被烤了一下，價值會不會因此就受影響呢？」

「現在擔心這些也沒用。大家還是先從吐司中把鑽石找出來吧。」

「說得對，說得對。」

佐羅力他們三個嘴巴上這麼說，肚子早就已經餓得咕咕叫受不了，他們一心想趕快吃到吐司。

佐羅力他們掰開吐司，
草莓的香氣立刻四處飄散。
三位品嘗者連忙將吐司內側
膨鬆軟綿的麵包塞進嘴裡，
嘗到既鬆軟又富彈性的口感，
而草莓的酸甜，更是越嚼越明顯，
最後擴散到整個口中。
帕那諾和卡比拉看到這情景，
也想吃得不得了，

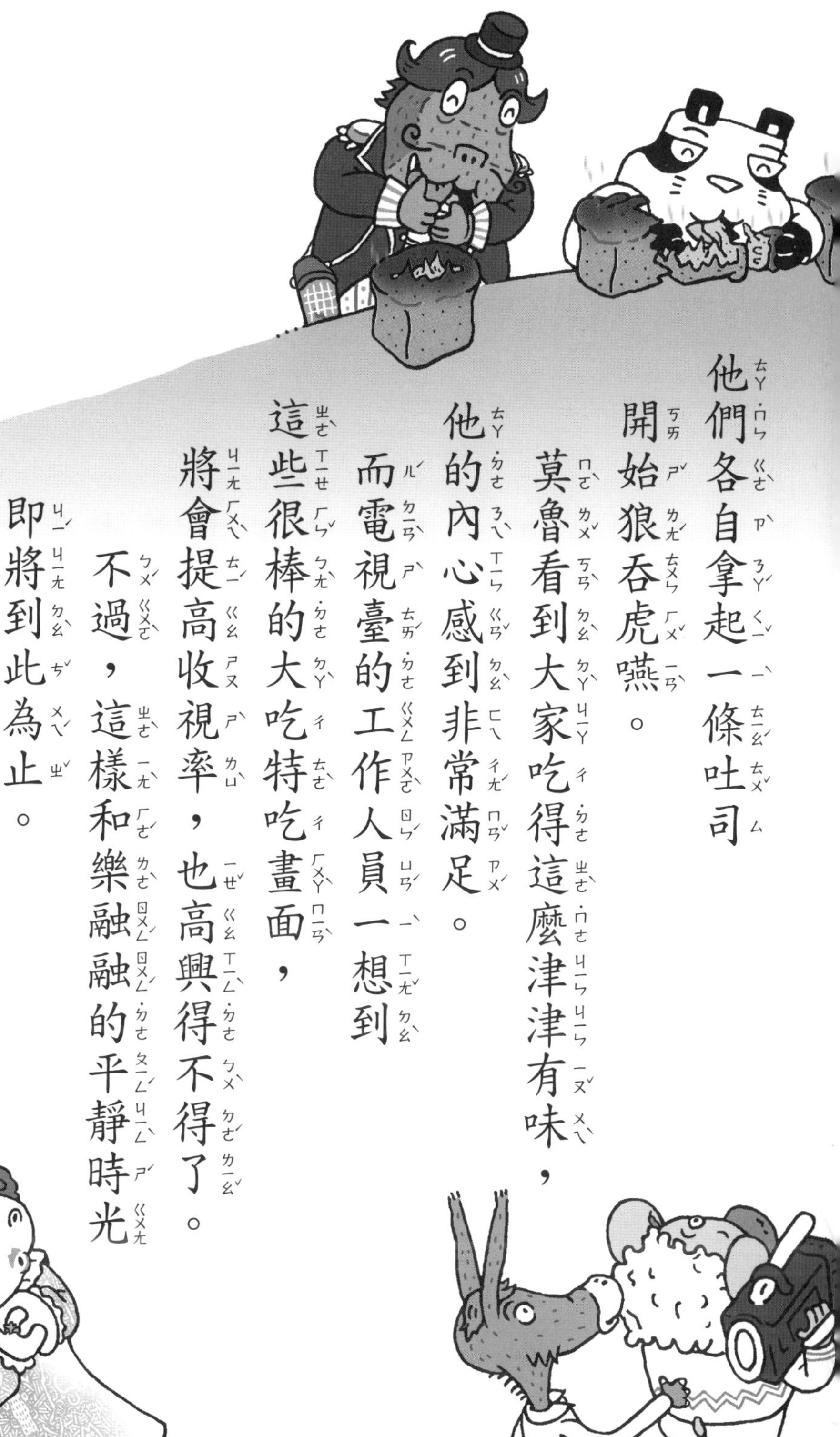

他們各自拿起一條吐司

開始狼吞虎嚥。

莫魯看到大家吃得這麼津津有味，

他的內心感到非常滿足。

而電視臺的工作人員一想到

這些很棒的大吃特吃畫面，

將會提高收視率，也高興得不得了。

不過，這樣和樂融融的平靜時光

即將到此為止。

大家萬萬沒想到，連最後一條吐司都吃光了，卻還是連紅鑽石的碎片都沒發現。
嘿，佐羅力大師，昨天他們應該是揉了10個麵團，對吧？
不過，現在卻只有9條吐司而已耶。
唉～
貪吃的兩個人特別認真的子細數過麵包的數量。

「是啊，我就是在將麵團送進烤箱的時候發現少了一個，才會百思不得其解。」

「這麼說來，是不是包了紅鑽石的那個麵團被偷偷藏在某個地方呢？」

「不，我確確實實在架子上放了10個麵團，大家也都看到了吧？」

這時，莫魯所指的架子上頭，突然有一個大鍋子掉落在地上。

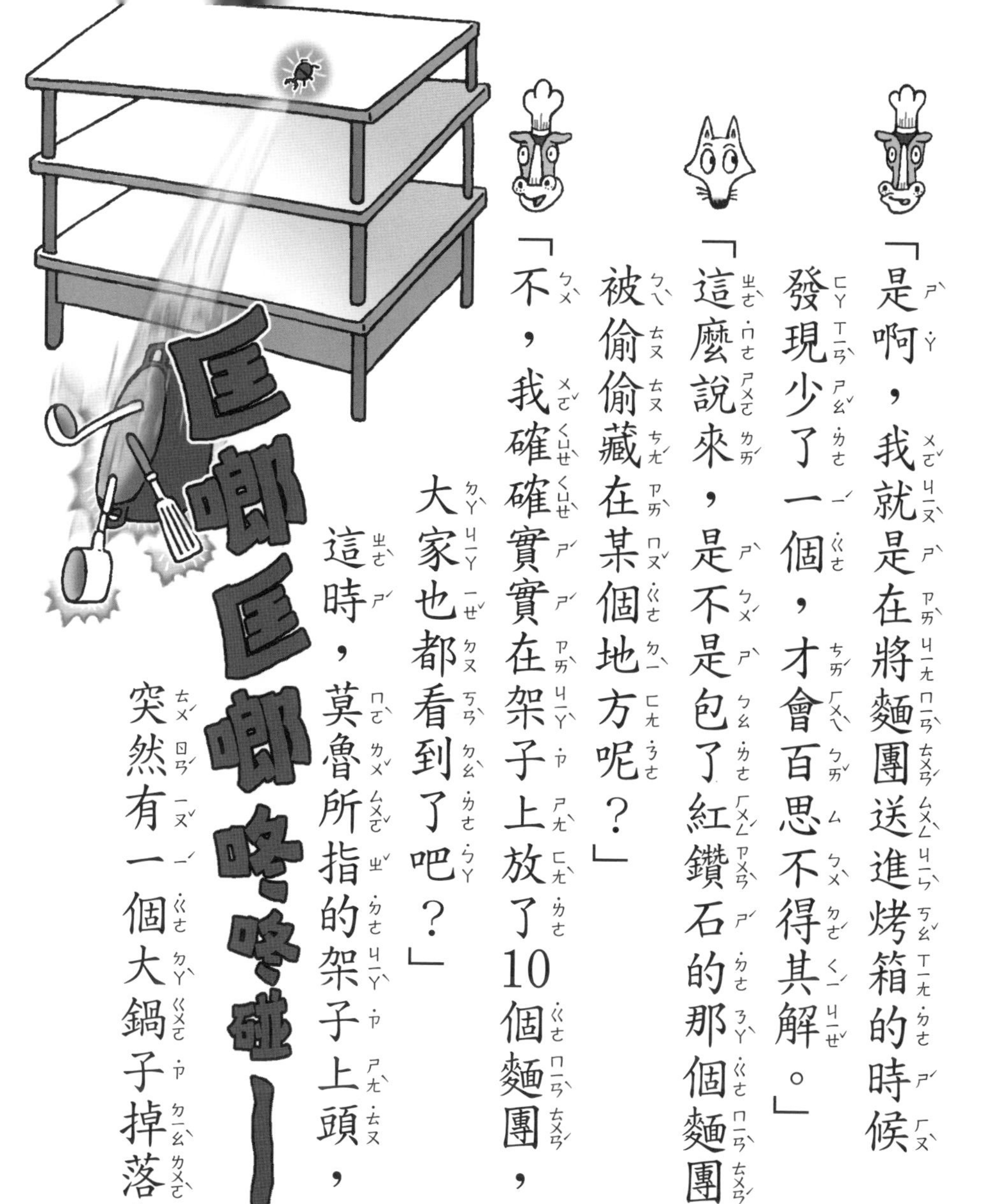

架上出現一隻獨角仙。

「唉呀，是我們馬戲團的大力士獨角仙鋼盔！」

卡比拉跑向架子，小心翼翼的抓住鋼盔，將牠關進昆蟲籠內。

接著，佐羅力說：

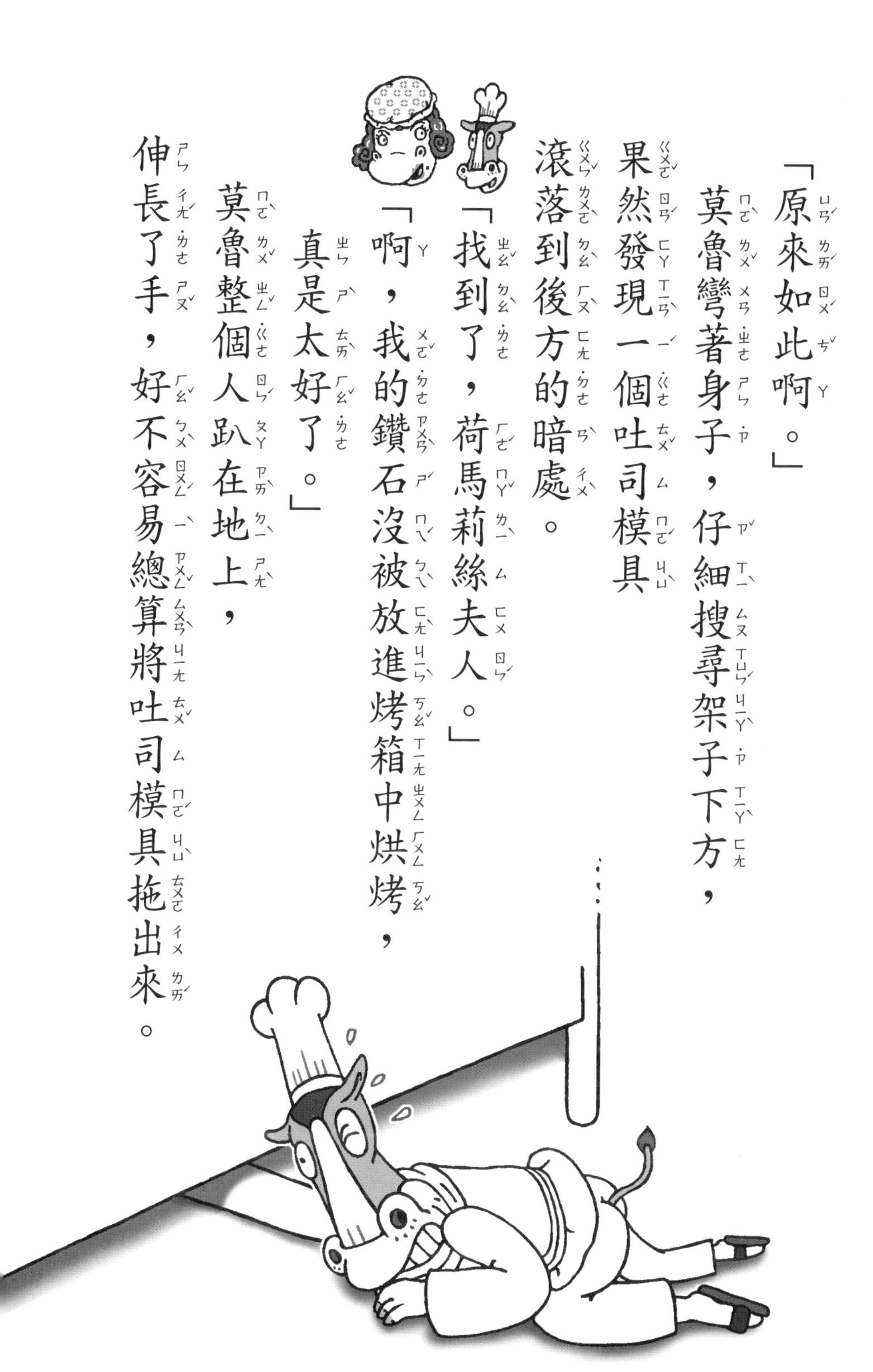

「原來如此啊。」

莫魯彎著身子，仔細搜尋架子下方，果然發現一個吐司模具滾落到後方的暗處。

「找到了，荷馬莉絲夫人。」

「啊，我的鑽石沒被放進烤箱中烘烤，真是太好了。」

莫魯整個人趴在地上，伸長了手，好不容易總算將吐司模具拖出來。

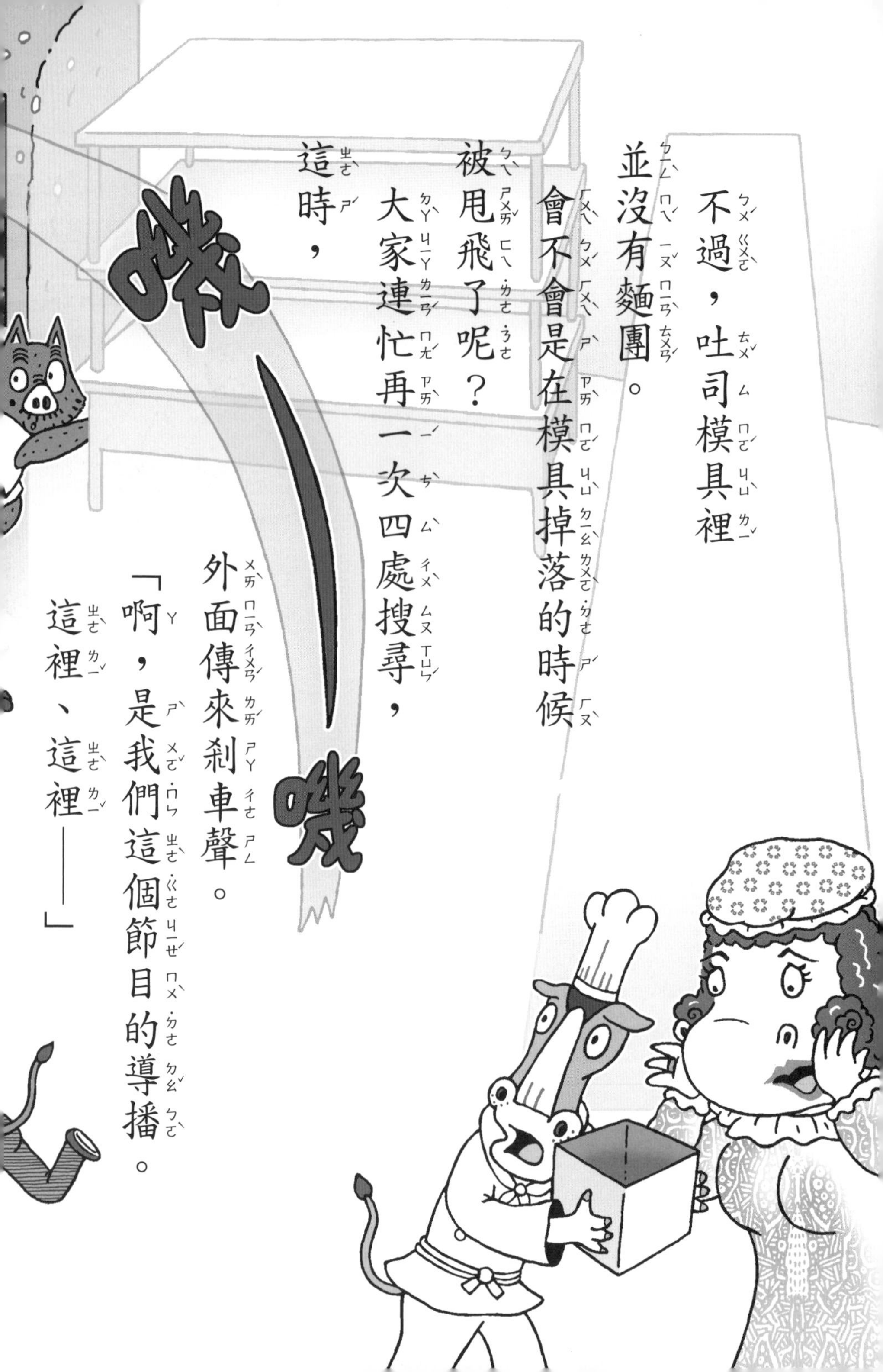

不過，吐司模具裡
並沒有麵團。
會不會是在模具掉落的時候
被甩飛了呢？
大家連忙再一次四處搜尋，
這時，

外面傳來剎車聲。
「啊，是我們這個節目的導播。
這裡、這裡——」

哇——
大家朝著記者揮手的方向望過去。
那是——
那是什麼呀？
到底發生什麼事了？
啊——

他們正在尋找的麵團，居然自動滾出後門，朝著導播的所在之處一路滾過去。

導播！那個麵團裡面有很重要的東西……

記者對著導播大喊，導播就將滾到他腳邊的麵團撿起來。

佐羅力大喊著朝導播飛撲而去——

沒想到那個男人，竟然是貓島導播。
佐羅力過去曾經與他一起合作，還製作過好幾個電視節目。
痛痛痛痛痛……唉呀，這不就是佐羅力先生嗎？
佐羅力的眼睛緊緊盯著貓島導播手上的麵團瞧——

貓島導播

曾經在《怪傑佐羅力之吃吧吃吧！成為大胃王》、《怪傑佐羅力之亂糟糟鬧哄哄電視臺》中出現的叉叉頻道導播。
由於只要與佐羅力有關的節目，最後都會衝出很高的收視率，貓島導播相當尊敬佐羅力。

什麼嘛！原來都是這個傢伙搞出來的。
然後用手抓起一隻糞金龜。
這時，

卡比拉立刻撲過來，
啊！這就是我們馬戲團的聖甲呀！聖甲只要一看到圓圓的麵團就會忍不住想滾動它。這麼一來，馬戲團的昆蟲明星就全部都找到了，今天也可以順利開演了。真是感激不盡哪。

耶——太好了，既然這個節目裡也會有佐羅力先生登場，這個節目一定會大受歡迎的。
不過，你怎麼會來這裡？來做什麼呢？

「這個節目是由我負責的呀，但是因為我最近很忙，所以先將錄影工作交代給三位工作人員。後來記者向我報告說『發生怪事了』，我腦中立刻想到，這樣一定會發生很有趣的事，所以就指示他們持續拍攝現場狀況，然後急急忙忙趕到這兒來了。哈哈哈。」

「原來是這樣啊，嘻嘻呵呵。」當佐羅力與貓島相視而笑的時候，

荷馬莉絲夫人急不可耐的追問。

沒錯，現在大家正在如火如荼的尋找紅鑽石呢。

於是佐羅力伸手在麵團中一找——

當中果然現出美麗的紅鑽石。
佐羅力一將紅鑽石拿在手上，
就感覺到沉甸甸的重量，
這實在是他巴不得據為己有的東西呀。
然而，為了證明自己並未心懷不軌，
他也只能將紅鑽石交還給荷馬莉絲夫人。

紅鑽石完好的回到夫人手上，她開口說：

對於懷疑大家，我深感抱歉。你們所有人當中沒一個人是壞蛋，特別是佐羅力先生，他憑著縝密的推理，替我找到紅鑽石，又在最短時間內幫我把生平超討厭的昆蟲抓走，

真是一位英雄啊。如果有哪位淑女能夠嫁給像你這樣優秀的人，我會很羨慕的。

佐羅力原本想偷走紅鑽石，沒想到卻得到夫人這樣的稱讚和感謝，佐羅力也覺得不好意思再待在這兒了。

因此，他們三個在大家舉杯慶祝事情圓滿落幕時，趁機一步步悄悄後退，最後消失在小鎮的街道中。

①這個事件以〈美食推理綜藝秀〉為名在電視上播出。節目獲得很高的收視率，而且佳評如潮。貓島導播與工作人員都感到非常滿意。

②因節目播出的緣故，莫魯的草莓吐司專賣店每天都大排長龍。往往才一過中午，吐司就已經賣光光。業績這麼好，看來店主荷馬莉絲夫人遲早會擁有她接下來想要得到的粉紅鑽石胸針。

③卡比拉所率領的「昆蟲大馬戲團」，也吸引來大批因此獲悉世上竟有如此稀奇馬戲團的觀眾，每次聚集而來的人數都到了擠爆帳篷的程度，十分受到喜愛。

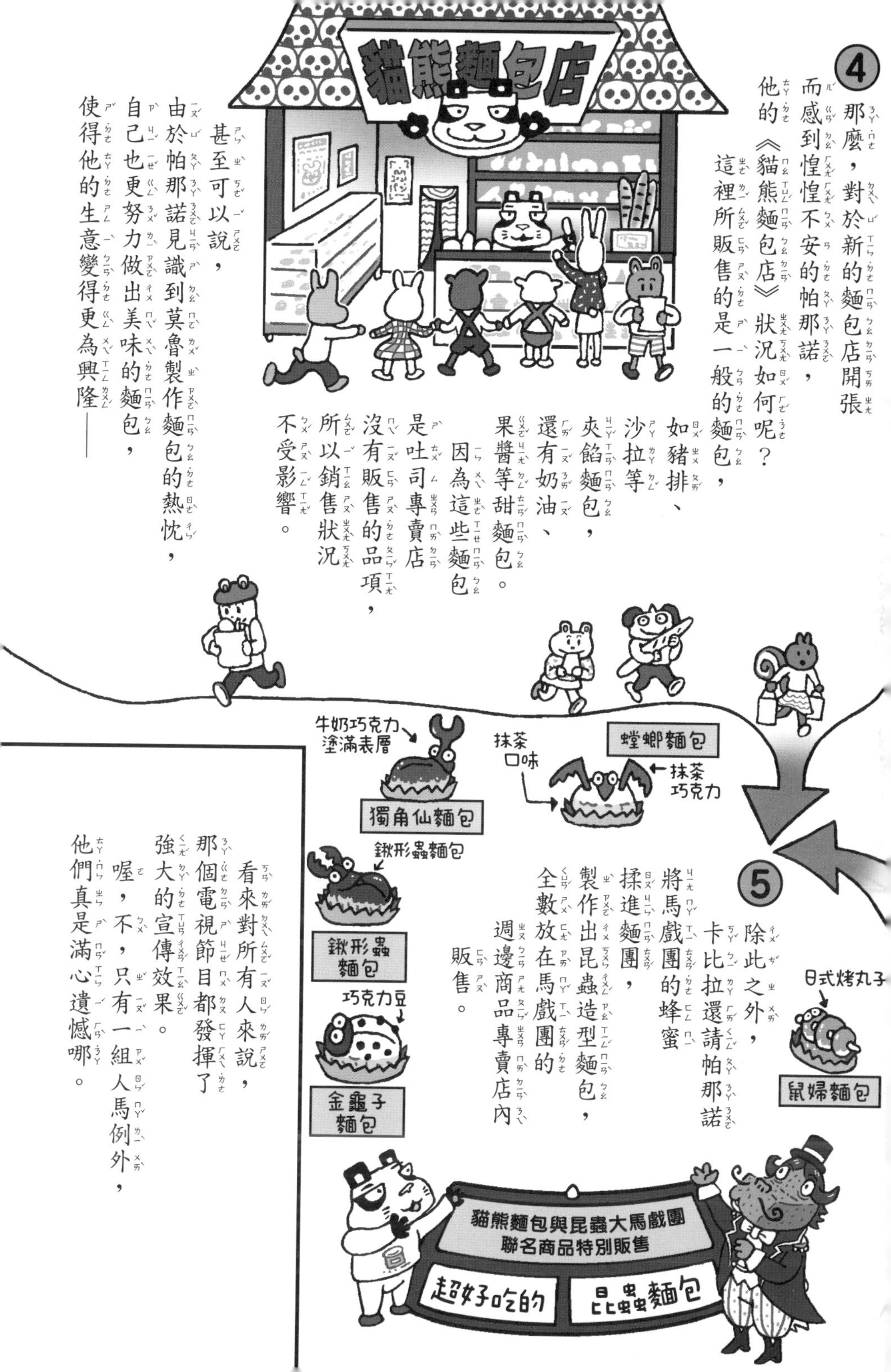

4

那麼，對於新的麵包店開張而感到惶惶不安的帕那諾，他的《貓熊麵包店》狀況如何呢？

這裡所販售的是一般的麵包，如豬排、沙拉等夾餡麵包，還有奶油、果醬等甜麵包。

因為這些麵包是吐司專賣店沒有販售的品項，所以銷售狀況不受影響。

甚至可以說，由於帕那諾見識到莫魯製作麵包的熱忱，自己也更努力做出美味的麵包，使得他的生意變得更為興隆——

5

除此之外，卡比拉還請帕那諾將馬戲團的蜂蜜揉進麵團，製作出昆蟲造型麵包，全數放在馬戲團的週邊商品專賣店內販售。

看來對所有人來說，那個電視節目都發揮了強大的宣傳效果。

喔，不，只有一組人馬例外，他們真是滿心遺憾哪。

那就是佐羅力三人。
不過，
他們依然像平常那般，
一副好運跟隨的模樣，
神采奕奕的
繼續他們的旅程。
儘管我也很想
將紅鑽石據為己有，
但是僅僅有可能洩漏出
怪傑佐羅力一夥人的身分，
就夠我們提心吊膽了，
更何況要是招來了警察，
事情一定會變得難以收拾，
所以能確確實實證明清白，
實在太好了。
佐羅力大師，
你證明了我們沒做壞事，
實在是救了
我們兩個一命啊！
我之前曾經幫荷馬莉絲夫人
撿到珍珠的事，
看來她已經完全
不記得了。
算了吧。
她是會遇到世界上
一大堆人的那種
超級大富豪，
哪會記得我們呢？
想更加了解
詳情的話，
請閱讀《怪傑佐羅力之
恐怖超快列車》
的54頁。

這一回本大爺沒變身成怪傑佐羅力，所以在最後一頁有粉絲獨享的好康內容喔。
不過，那位荷馬莉絲夫人大大稱讚我說：『如果有哪位淑女能夠嫁給像你這樣優秀的人，我會很羨慕的。』大富豪果然是很有眼光啊——嘻嘻呵呵。
喔痛痛痛痛痛痛痛痛
嗚——這還真是很不簡單哪。
來，握手！
我看我也來試試訓練昆蟲，賺點錢吧。

• 作者簡介

原裕 Yutaka Hara

一九五三年出生於日本熊本縣，一九七四年獲得KFS創作比賽「講談社兒童圖書獎」，主要作品有《小小的森林》、《手套火箭的宇宙探險》、《寶貝木屐》、《小噗出門買東西》、《我也能變得和爸爸一樣嗎？》、【輕飄飄的巧克力島】系列、【膽小的鬼怪】系列、【菠菜人】系列、【怪傑佐羅力】系列、【鬼怪尤太】系列、【魔法的禮物】系列等。

• 譯者簡介

周姚萍

兒童文學創作者、譯者。著有《我的名字叫希望》、《山城之夏》、《妖精老屋》、《魔法豬鼻子》等作品。譯有《大頭妹》、《四個第一次》、《班上養了一頭牛》、《那記憶中如神話般的時光》等書籍。曾獲「文化部金鼎獎優良圖書推薦獎」、「聯合報讀書人最佳童書獎」、「幼獅青少年文學獎」、「國立編譯館優良漫畫編寫」、「九歌年度童話獎」、「好書大家讀年度好書」、「小綠芽獎」等獎項。

國家圖書館出版品預行編目資料

怪傑佐羅力之尋找紅鑽石！
原裕 文.圖；周姚萍 譯 --
第一版. -- 臺北市：親子天下, 2022.10
104 面 ;14.9x21公分. --（怪傑佐羅力系列61）
注音版
譯自：かいけつゾロリのレッドダイヤをさがせ!!
ISBN 978-626-305-308-3（精裝）
861.596 111013322

怪傑佐羅力系列 61

怪傑佐羅力之尋找紅鑽石！

作者｜原裕（Yutaka Hara）
譯者｜周姚萍
責任編輯｜張佑旭
特約編輯｜游嘉惠
美術設計｜蕭雅慧
行銷企劃｜高嘉吟

天下雜誌群創辦人｜殷允芃
董事長兼執行長｜何琦瑜
媒體暨產品事業群
總經理｜游玉雪
副總經理｜林彥傑
總編輯｜林欣靜
行銷總監｜林育菁
副總監｜蔡忠琦
版權主任｜何晨瑋、黃微真

出版者｜親子天下股份有限公司
地址｜臺北市 104 建國北路一段 96 號 4 樓
電話｜（02）2509-2800
傳真｜（02）2509-2462
網址｜www.parenting.com.tw

讀者服務專線｜（02）2662-0332
傳真｜（02）2662-6048
客服信箱｜parenting@cw.com.tw
週一～週五：09：00~17：30
製版印刷｜中原造像股份有限公司
法律顧問｜台英國際商務法律事務所・羅明通律師
總經銷｜大和圖書有限公司
電話｜（02）8990-2588

出版日期｜2022 年 10 月第一版第一次印行
2024 年 3 月第一版第三次印行
定價｜320 元
書號｜BKKCH030P
ISBN｜978-626-305-308-3（精裝）

訂購服務
親子天下 Shopping｜shopping.parenting.com.tw
海外・大量訂購｜parenting@cw.com.tw
書香花園｜臺北市建國北路二段 6 巷 11 號
電話｜（02）2506-1635
劃撥帳號｜50331356 親子天下股份有限公司

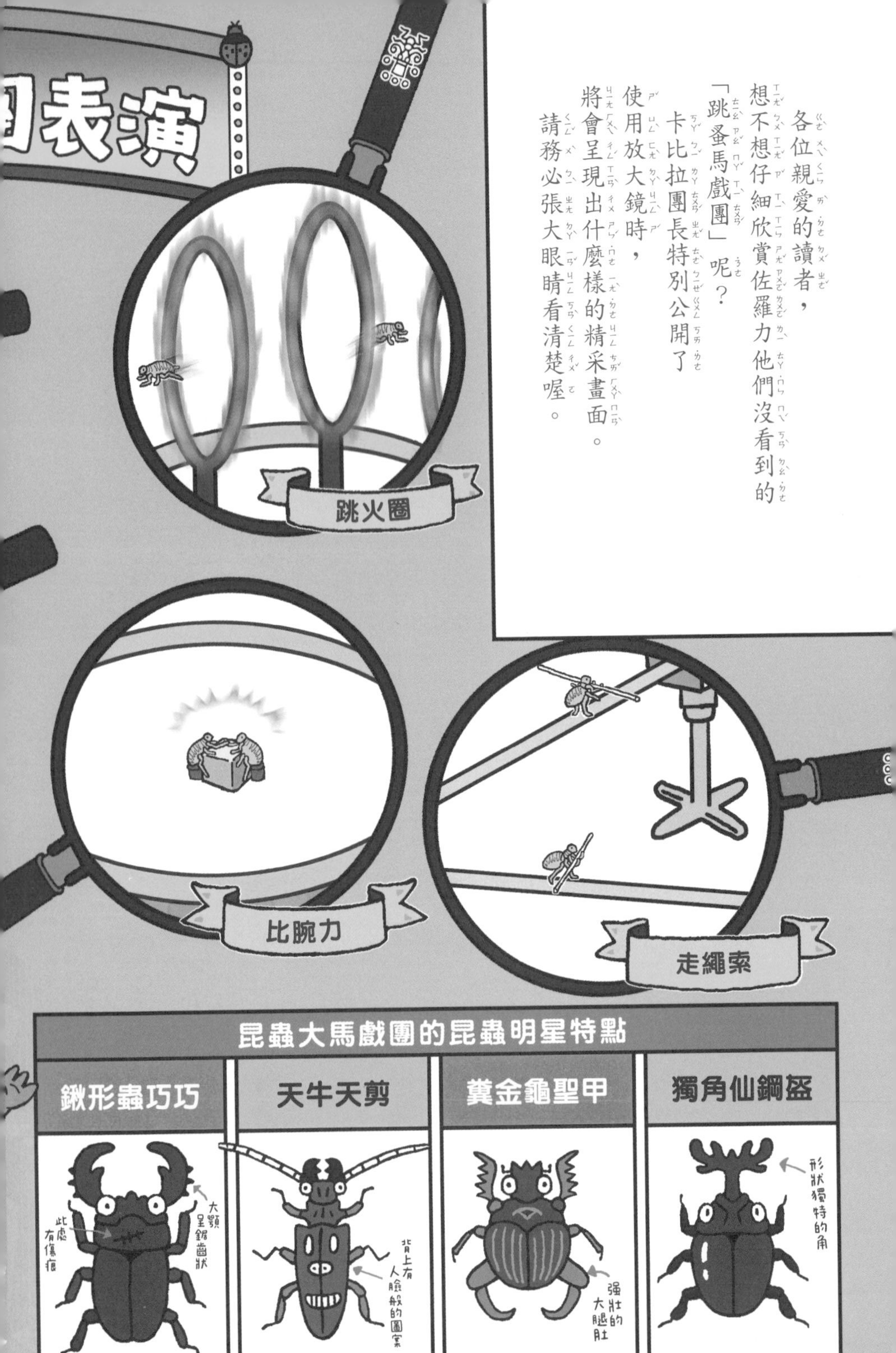

表演
各位親愛的讀者，
想不想仔細欣賞佐羅力他們沒看到的
「跳蚤馬戲團」呢？
卡比拉團長特別公開了
使用放大鏡時，
將會呈現出什麼樣的精采畫面。
請務必張大眼睛看清楚喔。
跳火圈
比腕力
走繩索
昆蟲大馬戲團的昆蟲明星特點
鍬形蟲巧巧
天牛天剪
糞金龜聖甲
獨角仙鋼盔
此處有傷痕
大顎呈鋸齒狀
背上有人臉般的圖案
強壯的大腿肚
形狀獨特的角